식물성 남자를 찾습니다

시작시인선 0161 식물성 남자를 찾습니다

1판 1쇄 펴낸날 2014년 4월 21일
지은이 이영혜
펴낸이 채상우
디자인 정선형
펴낸곳 (주)천년의시작
등록번호 제301-2012-033호
등록일자 2006년 1월 10일
주소 100-380 서울시 중구 동호로27길 30, 413호(묵정동, 대학문화원)
전화 02-723-8668
팩스 02-723-8630
홈페이지 www.poempoem.com
이메일 poemsijak@hanmail.net

ISBN 978-89-6021-201-5 04810
    978-89-6021-069-1 04810(세트)

값 9,000원

식물성 남자를 찾습니다

이영혜

천년의
시 작

시인의 말

새, 첫… 같은 소리들에 늘 마음이 기울었다

웨딩드레스를
다시 입을 수는 없는 노릇이어서

지나가 버린 나의 첫 것들을 모아
첫 시집이라는 꼬리표를 달아 내어놓는다

부끄럽다

2014년 첫봄

이영혜

차례

시인의 말

제1부

손금 보는 밤

타고난다는 왼 손금과
살면서 바뀐다는 오른 손금을
한 갑자 돌아온다는 그가 오르내린다.
그렇다면 양손에 예언서와 자서전
한 권씩 쥐고 사는 것인데
나는 펼쳐진 책도 읽지 못하는 청맹과니.
상형문자 해독하는 고고학자 같기도 하고
예언서 풀어 가는 제사장 같기도 한 그가
내 손에 쥐고 있는 패를
돋보기 내려 끼고 대신 읽어 준다.
나는 두 장의 손금으로 발가벗겨진다.
대나무처럼 치켜 올라간 운명선 두 줄과
멀리 휘돌아 내린 생명선.
잔금 많은 손바닥 어디쯤
맨발로 헤매던 안개 낀 진창길과
호랑가시나무 뒤엉켰던 시간 새겨져 있을까.
잠시 동행했던 그리운 발자국
풍화된 비문처럼 아직 남아 있을까.
사람 인(人) 자 둘, 깊이 새겨진 오른손과
내 천(川) 자 흐르는 왼손 마주 대본다.

사람과 사람, 물줄기가 내 생의 요약인가.
물길 어디쯤에서 아직 합수하지 못한
그 누구 만나기도 하겠지.
누설되지 않은 천기 한 줄 훔쳐보고 싶은 밤
소나무 가지에 걸린 보름달이
화투장처럼 잦혀져 있다.

백사마을[*]

늙은 오동나무 꽃그늘 아래서
낮술 불콰한 두 노인이
장기를 두고 있다

무르지 마라
무르지 마라

한평생 물러 버린 날들
한 수도 되돌릴 수 없다

더 이상 불끈 세울 일도 없는
꽃잎들이 똑, 똑
훈수를 둔다

● 중계동 104번지에 있는 서울의 마지막 달동네.

가르마 의혹

좌심실 뜨겁게 펄떡이던 시절
급진 저항 투쟁이나 혁명 따위 꿈꾸지도 못했고
헤겔 마르크스나 체 게바라 같은 이들의 방문을 받아 본
적도 없지만
운동권을 우려하는 대학생 학부모가 되어서도 아니고
온건 보수 안정 같은 단어들이 어울리는 나이나 품새 때
문도 아닌데

오른손잡이로 평생 우편향 되게 살긴 했어도
생계나 입신을 위해 좌향좌 우향우 한 적 없었고
중도나 회색분자로 분류되어도
뭐 딱히 변명할 필요성 느끼지도 않았는데

수십 년 좌측통행에 길들여져 있다가
별안간 영문도 모른 채 우측통행을 강요당하게 된 것처럼
어느 날 갑자기 나는 전향을 했다

"왼쪽 가르마가 너무 넓고 휑해요"
L 선생은 일말의 고민도 없이
수십 년 좌편향이었던 가르마를 오른쪽으로 바꿔 버렸다

졸지에 우파가 되어 버린 저녁
생의 반대 방향으로 어색한 빗질을 하며
새 길을 내어 보는데
거울 속에서 여전히 좌파인 그녀가
고개를 갸웃, 거린다

하지정맥류

언제부턴가
엄마의 다리에 검푸른 길이 솟아올랐다

곧 바닥을 드러낼,
경작할 수 없는 칠순의 폐답(廢畓)
가늘어진 팔과 다리 창백한 살빛 아래
드러난 고지도(古地圖)를 읽는다
저 길을 밟아 밥을 벌어 오고
수십 번 이삿짐을 옮겼을,
저 길에서 니의 길도 갈리져 니왔을 것이다
이제 길은 옹이처럼 툭툭 불거지고
점점 좁아지며 막다른 골목으로 들어서고 있다

아마도 앙상한 저 생의 무늬는
내가 다 갉아먹고 버린
낙엽의 잎맥
파삭파삭 금세라도 부서져 내릴 듯한
위태로운 길을 따라가며
잠시 내 발길을 되돌려 보는데

어느새 내가 밟아 온 길들이
내 팔뚝과 정강이에도 퍼렇게
거미줄처럼 인화되고 있다

포도 넝쿨 아래

영동 학산 산비탈 포도밭
넝쿨마다 휘늘어진 송이송이에 손끝을 대니
왜 내 젖이 찡해지는지 몰라
막내 동생 젖 먹이던 젊은 엄마
탱탱해진 젖무덤이 떠오르나 몰라
넝쿨손처럼 퍼렇게 핏줄 선 젖꼭지에서
아기 입안으로 흘러들던 엄마의 진액
그 오래된 기억 속의 즙이
왜 자꾸만 내 입안에 고여 오는지 몰라
부끄러워 커다란 이파리로 하늘을 가리고
아래로 늘어진 장엄한 저 포도엄마 행렬!
뿌리에서부터 꿈틀꿈틀 휘감아 오른 줄기줄기들
그 핏줄로 달디단 젖 뻗쳐올라 와
터질 듯 하얀 분 배어 나오는
먹빛 알들에 입술을 대면
내 마른 유선에도 다시 젖이 도는지
왜 이리 아랫배부터 점점 뜨거워지나 몰라
초가을 포도 넝쿨 아래 서니
왜 이리 풋풋 엄마의 단내가 나서
나, 축축하게 부푸는지 몰라

20

원초적 본능

—고드름

부드러운 물에도
날카로운 뼈가 있다

모양도 색깔도 요령도 계산도 없이
한 생각, 한 방향으로만
떨어지다 한순간 굳어진
물의 저 시퍼런 결기

네 몸 안 깊숙이 나를 꽂고 싶다
자취도 없이 네게 스미고 싶다

얼음처럼 녹았다가 다시 얼고
그 끝은 점점 뾰족해진다

완전범죄를 꿈꾸는
얼음송곳들
오직 너를 향하여
알몸을 단단히 세우고

흔적도 없이 너를 찌르고 싶다

청동거울의 노래

나, 얼마나 오래 잠들었었나요
폐허가 된 진흙 더미 속에서도
내 안에 숨 쉬던 당신 지워지지 않고
금 간 가슴팍엔 절망이 수수백 번 얼었다 녹았지요

천년 만의 만남이었나요
안압지(雁鴨池) 연등 아래서 만난 당신
무엇인가 생각날 듯 말 듯 한참을 응시하다가
그냥 뒷모습이 되어 버린 당신
목쉰 외침 들리지 않던가요

전장으로 말 달려간 화랑의 말방울 소리를 기다리며
달빛 아래 탑을 돌던 소녀, 잊으셨나요
순금 허리띠 두르고 금관을 쓴
연회장의 왕을 몰래 흠모하며
연꽃 만발한 월지(月池) 누각에서
비파를 타던 진골 여인, 잊으셨나요

연잎에 맺힌 푸른 물방울 끌어안고
천년을 기다렸건만

다음 조우는 또 몇 생이 걸릴지 기약도 없건만
거울 속엔 그리움의 녹만 가득하고
도무지 나는, 당신에게 닿을 수가 없네요

하지만 내 슬픈 눈빛이 천년 왕조의 보석임을
천년을 달려온 별빛임을 기억해 주세요
영겁의 기다림이면 어때요
언젠가 돌아올 당신 편히 들어앉을 수 있도록
말갛게 거울 닦아 놓고
나, 다시 그 안에 당신만을 위한 연꽃을 피우렵니다

웃음들

나는 무섭다 저 웃음들
고화질 와이드 화면 속
피아노 건반처럼 나란한 웃음 뒤에 숨겨진
획일적 배후가 오싹하다
첫눈보다 더 하얀 웃음이,
고농도 화학약품이 탈색해 낸
과장과 위선이 나는 불편하다
잔주름 하나 없이 팽팽한 웃음 안에 감춰진
마비된 안면 근육들의 신음 소리가
붉은 입술 사이로 빠져나온다
웃음 다 빠져나가고 나면
공기 빠진 풍선처럼 이내 쭈글쭈글해질
저 동어반복의 미녀들이 위태롭다
입 크게 벌리면
덜커덕 떨어져 내릴 틀니 같은 웃음들,
TV 화면 밖으로 스멀스멀 스며 나오는
전염성 강한 웃음들을 보면서
나는 내내 불안하다
덧니배기 비뚤한 천연 웃음
된장 냄새 구수한 파안대소는

구시대 브라운관 따라 폐기 처분된 지 오래
옹알이하는 아기 그 최초의 웃음을 찾아
혹시나, 채널을 돌려 본다

느린 우체통

아쉬운 마침표였을 그대 앞에
난 하염없는 쉼표로 서 있네

청동칼 한 자루 옆구리에 차고 쪽배에 숨어
어둠 속 수평선 너머로 도망쳐 왔을 그대,
짧은 목숨 끝난 후
고인돌 그 따뜻한 등판에 기대고 앉아
지아비 그리며 눈물짓던 여인의 마른 어깨와
마을로 바다로 이어진 물뱀 같은 길들과
혼만이 자유롭게 오고 갈 쪽빛 바다와 하늘
보고 또 보았을 것인데

나는 어느 한 생쯤 물결부전나비가 되어
기다림에 지친 초분(草墳)의 썩은 이엉 위로
하마비(下馬碑)에 새겨진 부처의 희미해진 얼굴로
구들장 논에 쪼그려 앉은 아낙네 땀 젖은 등 뒤로
진도아리랑 부르며 당리길 내려오던 송화*의
고운 머릿결 위로 떠돌며
푸른 물방울에 두 날개 적시기도 했을 것이네

섬 길을 느릿느릿 종일 헤매다 와
모서리 닳은 그대 죽음 앞에
이제야 녹슨 물음표 하나 내려놓는데
그대는 여전히 말없음표

오늘은 저 '느린 우체통'에
짧은 안부 몇 줄 넣고 돌아서니
수수천년 그대, 천천히 받아 보시라
그 너른 등판에 내 별자리 포개어질 때
별똥별 같은 느낌표 몇 개
어느 생에는 답장으로 보내 주시라

●영화 「서편제」 중 청산도가 배경인 한 장면.

종의 기원 1
—시의 진화에 대한 짧은 상상

호모 이렉투스

네 발을 버리고 직립하자
지평선이 더 멀어졌는데.
이마에 별을 올리고 살면서부터
그리움이란 유전자가 생겨났는데.
설골 내려가고 혀 놀림 자유로워진 조상들
만년 빙하에 갇혔던 복숭아씨 발아하듯
외마디 단말마가 말이 되고 노래의 꽃 피어났는데.
자유로워진 두 손으로 그림 그리고 글자 쓰게 되었는데.
심심해진 혀와 입술이 거짓을 말하고
남아도는 말이 모습을 숨기면서
시도 탄생했는데.

호모 사피엔스

생각하는 동물에게도 자연선택 적자생존 적용되었겠지.
수수천년 많은 문학 종속들 생멸했지만
시란 종, 끈질긴 생명력으로 살아남아
변종도 다양하게 진화했는데.

28

은유와 상징으로 힘 기르며 번성했는데.

또 수수만년 진화 거듭한다면

사라진 꼬리뼈나 퇴화된 맹장처럼 흔적으로나 남겨질는지.

공룡이나 매머드처럼 화석에나 그 번성의 시대 새겨질는지.

아니면 폐기 처분된 시집과 문예지 썩고 또 썩어

식물들 유전자 돌연변이 겪고 또 겪으면

나무들도 시어가 새겨진 이파리나 열매들을 주렁주렁 매다는

시의 낙원 도래할는지.

호모 포이투스

또 알아?

최고도로 진화한 인간들이 돈 대신 총 대신

시로써

낙원이 된 지구를 신처럼 지배하게 될지.

아라홍련*, 그대에게

칠백 년이 한꺼번에 피었습니다
목간(木簡)에 기록된 글자들은 색 바래어
기억처럼 역사처럼 희미한데
당신은 꼭꼭 쟁여 뒀던 시간을 발아시켜
제 앞에 꽃피우셨습니다

가야금을 사랑하셨던 당신
신라의 칼 앞에 무릎 꿇으며
연잎보다 넓은 어깨 시들었지요
당신과 나 마지막 목숨 던진 아라가야 땅
핏물로 붉던 그 연지(蓮池)는 사라졌지만
당신은 돌널무덤에서 환생하여
수십 생 전, 꽃씨로 묻은 약속 지켜 내셨습니다
저 불꽃무늬 토기의 불꽃보다 더 활활 타는
분홍빛 꽃잎 열두 장 열어 현현(顯現)하셨습니다
가야에서 고려를 지나 여기까지
오늘 이곳은 청산입니다

천년만년의 그리움으로 다시 떠나보냅니다
약속으로 남기신 연밥에 가만 귀를 기울이니

뜰흥 징징 동 당……

열두 줄 가야금 소리가

가는 연대를 타고 수십 윤회의 시간을 흘러와

내 가슴속 깊이 뿌리내렸습니다

어느 후생에 당신과 함께 싹 틔울

찬란한 연실(蓮實)입니다

●경남 함안군 가야읍 성산산성(사적 67호) 내 연못 발굴 현장에서 발견된 고려 시대 연꽃 씨앗이 인공 발아를 통해 700여 년 만에 꽃을 피웠다. 함안군은 함안이 아라가야였던 점에 착안해 이 연꽃을 '아라홍련'이라 부르고 있다.

첫눈 오는 밤의 패러디*

웨딩드레스처럼 아름다운, 그 누구 사랑하지 않아도, 눈은 푹푹 날리고 한계령의 한계 같은 눈부신 고립에 한 번쯤 발이 아니라 내 시시한 운명이 오도 가도 못하고 묶였으면 하고 생각하는데 폐병쟁이 사내는 아니어도 먼 길 돌아온 지친 사내 흐벅진 내 허벅지에 젖은 머리 베이고 첫눈 내린 머리카락 가만가만 쓰다듬어 주며 타오르는 눈빛 뜨건 이마 서늘한 손으로 짚어 재워 주고도 싶은데 고라니나 멧돼지의 울음소리에 때 낀 목화솜 이불 목까지 끌어당기며 한밤 말없이 지새고 싶은데

학원 끝낸 아이에게서 걸려 온 벨 소리에 산골 외딴 집 무너져 버리고 차창 가득 쌓인 눈 밀어내며 잠시의 즐거운 고립을 끝내는데 당신 기억 속에 쌓여 질척이거나 얼어붙지 말아야 할 내 그리움의 잔설을 걱정하며 소복 자락처럼 환한 길 더듬어 돌아오는 것인데

●백석의 「나와 나타샤와 흰 당나귀」, 문정희의 「한계령을 위한 연가」, 허수경의 「폐병쟁이 내 사내」, 박이화의 「폭설」을 부분 차용함.

소멸을 꿈꾸며

이제 그만 잠들게 해 줘
나는 저들의 자랑스런 전리품 장물 또는 노획물이지
내장을 꺼낸 구멍엔 톱밥과 계수나무 껍질을 쑤셔 넣고
뇌가 사라진 두개골은 몰약과 유향으로 꾹꾹 채웠어
가짜 눈알과 혓바닥
방부제에 절여진 인내만이 나를 지탱하고 있을 뿐

짧았던 내 역사는
갈변된 아마포(亞麻布) 함께 삭아 바스러져 버린 지 오래
불멸은 얼마나 이기적인 말인가

별이 된 내 아버지와 함께 이 하늘을 순회하리니
부활은 필요 없어
오리온 별자리가 머리 위를 지날 때
나 이제 그만 멸하고 싶을 뿐
오늘도 저주하며 기도하고 있어
검은 태양과 붉은 달의 눈물이
머잖아 그날처럼 땅과 하늘을 덮으리니
오천 년 만의 그대,
오늘은 불멸을 논하지 마!

수밀도

서툰 사랑은 흔적을 남긴다지요
거친 손길은 솜털 보송한 몸에 멍을 남기고
입안 가득 채우던 과육이 달콤한 체취로 남아
지울 수 없는 기억으로 새겨졌겠지요
목젖까지 부풀어 오른 열병에
숨 쉬기조차 힘든 며칠을 붉게 앓고 나서야
당신이란 독을 깨달았지요
한 마리 벌새처럼
나, 오래 파묻히고 싶었으나
무엇으로도 뚫을 수 없던 그 단호하고 차갑던 심장
너무나 치명적인 당신을 그러나
나, 평생 품고 살아가야겠지요
그러나 또 여름은 오고
재발성 과민성 외사랑은 다시 도져
또 한 계절을 앓고 있겠지요

순환도로 위에서

순환되지 않는 체증
배 속을 꽉 채운 음식물이 다 올라올 것 같아
남자 가수의 허스키한 목소리까지
스피커에서 끓어넘치는군
백미러 속, 내 뒤를 따라붙는 그대!
너무 바짝 붙지 마
나를 건드리지 말라구
얼핏 반짝여 보여도 연식 오래된 엉덩이라서
한순간, 쉽게 무너져 내릴지도 몰라
그대에겐 장난이지만 내게는 상처야
가야 할 길은 아직도 멀고
복잡한 절차와 대가를 감당할 만큼
내게 주어진 시간 그리 많지 않거든
봐, 벌써 터널 저 끝 출구에 어둠이 내려앉잖아
아쉽더라도 그저 뒷모습만 지켜봐 주렴
이 길은 누구나 혼자서 가야 하는 원 웨이니까
이제 조금 숨통이 트이는군
자, 다시 달려 보자구
안전거리 지키면서

제2부

사냥꾼

나는 초원의 사냥꾼
하루 종일 발톱 세우고 있는 암사자
얼룩말이나 살집 좋은 들소라면 좋겠지만
줄지어 강을 건너는 누 떼 새끼도
다리 가는 톰슨가젤도 사냥감이야
포획의 황홀한 순간을 난 언제나 꿈꾸지
뜨거운 심장이 펄떡이는 오브제가 필요해
내 우리엔 배고픈 뭇 새끼들
난 오늘도 허기진 사냥꾼
마른 풀 밟고 오는 바람의 발자국에도
귓바퀴 쫑긋 서고
핏발 선 동공은 언제나 열려 있지
목덜미를 틀어잡을 한순간을 기다리며
털가죽 아래 근육과 힘줄은
활시위처럼 팽팽히 당겨져 있어
어서들 움직여 봐!
달콤한 피 냄새를 풍겨 보라고!
주린 배 속 가득한 나의 살기가
벼랑 끝에서 헐떡이는 네 숨통에
날카로운 송곳니를 단숨에 꽂을 테니까

이모를 경배하라

"〈급구〉 주방 이모 구함"
자주 가는 고깃집에서 애타게 이모를 찾고 있다
고모(姑母)는 아니고 반드시 이모(姨母)다

언제부턴가 아줌마가 사라진 자리에
이모가 등장했다
시장에서도 음식점에서도 병원에서도
이모가 대세다
단군 자손의 모계가 다 한 피로 섞여
외족, 처족이 되었다는 말인지
그러고 보니 두 동생들 집 어린 조카들도 모두
늙수그레한 육아도우미의 꽁무니를
이모 이모하며 따라다닌다
이모(姨母)란 어머니의 여자 형제를 일컫는 말이니
분명 이모는 난데
이모(二母)? 이모(異母)? 이모(易母)?

그렇다면 신모계사회의 도래가 임박했다는 것인데?
"이모, 여기 참이슬 한 병!"을 외치는 도시 유목민,
저 사내들의 눈빛이 처연하다

왁자지껄 연기 자욱한 삼겹살집은 언제나
모계씨족사회의 한마당 축제 날
젖통 출렁이며 가위를 휘두르고 뛰어다니는
절대 권력의 저 여전사,
싱싱한 사냥감을 토기 가득 담아 내올 것 같아
나도 한번
"이모 여기요" 하고 손을 들어 본다

바야흐로 여족장의 평화로운 치세가 시작되었다

네모난 여자

네모난 액자 안에서
사각모 쓰고 웃고 있는 저 여자

네모난 방에서 멀티비전 네모난 꿈을 끄고 깨어나지
창틀에 잘린 네모난 햇살에 아침을 시작하고
사각의 링에서 하루를 뱅뱅 돌다가
네모난 상자 속으로 들어가 뚜껑을 덮는 여자

그녀를 통과하면 뭐든지 네모나고 단단한 것이 되어 나
오지
거푸집에서 찍혀 나오는 블록처럼
네 각이 반듯하게 잡힌 말과 글
종묘 판의 모처럼 가지런한 아이들

우우우, 네모난 노래를 불러 봐
네모반듯하지 않은 것들은 불결해
둥근 것을 빙자하지 마
메리고라운드 같은 세상은 질색이라고

자궁의 피는 왜 자꾸 둥근 거야

네모난 자궁에 둥근 혹을 키우며
네모난 페이지에 자신을 새기는 여자
날카로운 각으로
제 뼈를 갉아 대는 둥근 저 여자

카페 suicide

당신은 여전히 수선화처럼 우울하군요

어서 오세요 이 비밀스런 곳까지 먼 길 찾아오시느라 수고하셨습니다

살자살자살자살자살자살자살…… 망설임은 끝내셨겠지요?

낮은 레퀴엠에 데킬라 한 잔 곁들이고 이제 다 내려놓으십시오

당신이 여기까지 찾아온 이유는 저 마천루보다 더 복잡하겠지만

안타깝게도 고르실 수 있는 메뉴는 몇 가지밖에 없군요

해독제 없는 달콤한 독, 과량의 엑스터시,

곤한 잠처럼 스며들 가스, 절벽 끝에서도 두렵지 않은 최면과

발밑을 가려 줄 부드러운 안개, 러시안 룰렛처럼 짜릿한 한 발……

가장 맘에 드시는 레시피로 준비해 드리지요

아 참, 동아줄 따위는 준비되어 있지 않습니다

자, 한 잔 더 드시고 사인하세요

유서 몇 줄 남기셔도 오버차지는 없구요 이곳에서의 모든 결제는 후불입니다

눈물 슬픔 고통 자책 혼란 따위는 남겨진 자들에게 청구될 겁니다

당신은 그냥 떠나시면 됩니다

절대 뒤돌아보지 말고

아무도 모르게, 조용히 레테의 강을 건너십시오

청산가리 같은 달이 참 아름다운 밤입니다

드라이버스 하이*

하루에 지친 당신, 어서 오세요
달빛도 환한 멋진 밤입니다
먼저 불안한 마음부터 단단히 붙들어 매시구요
그대 희고 가는 손가락으로 내 중심에 가볍게 접속하면
시작입니다
은은하게 조명을 밝히신 후
내 탄탄한 가슴에 양손을 부드럽게 얹고
두 다리를 편안하게 벌려 주십시오
주도권은 그대에게 있으니
좋아하는 체위로 맘껏 즐기시면 됩니다
나 비록 6기통 근육질의 힘세고 날렵한 스포츠형은 아
니지만
발끝에서 온몸으로 전해 오는 떨림에 집중하며
마음대로 나를 다루어 보세요
내 타코미터에 당신의 심박수를
서라운드 선율의 비트에 호흡을 맞춰 보세요
우리, 몸은 점점 뜨거워지고
심장의 고동은 거칠고 빨라질 겁니다
이 길은 당신 욕망에 브레이크를 밟을 필요가 없는 자유
로입니다

그저 그대의 감각으로 연애의 완급을 조절하고
당신 뜻대로 원하는 절정을 리드하면 그뿐
부끄러워할 필요도 감정을 억누를 필요도 없답니다
소심한 과속 경고나 음흉한 카메라쯤은 대담하게 무시
하시구요
얼굴 발그레해지고 손바닥 촉촉해진 것을 보니
하이에 오를 준비가 되셨나 보군요
하지만 클라이맥스의 순간에도 두 눈을 감아서는 절대
안 됩니다

자아, 이제 흥분이 가라앉았으면 아쉽지만
다시 정숙한 그대의 자리로 천천히 돌아가실 시간입니다
원하신다면 담배 한 대나 커피 한 캔의 여운도
눈치 보지 말고 느긋하게 즐기십시오
오랜만에 즐거웠습니다
저는 당신이 버리기 전에는 절대 먼저 등 돌리지 않는
그대만의 듬직하고 충직한 종이랍니다
언제라도 저를 달려 주십시오, 기다리겠습니다

●통상 30분 이상 달릴 때 얻어지는 도취감, 혹은 달리기의 쾌감을 말
하는 러너스 하이(Runner's high)라는 용어에서 가져옴.

Touch me softly

목련 꽃봉오리를 깨우는 실비처럼
암술머리에 내려앉은 나비의 더듬이처럼

오래된 마누라 젖꼭지 누르는
꾹 꾹 꾸우욱—이 아니라
숫처녀 성감대를 애무하는 touch로

힘과 성급함으로 날 지배할 수 없죠
점자 책 더듬는 예민함으로 접촉해 주세요
신경줄 팽팽하게 당겨진 현악기의
A선을 스타카토로 짚어 가듯
내 몸을 가지세요

나는 그대만의 램프 요정
네모난 내 얼굴 손으로 끌어안고
touch touch 살살 명령만 하세요
부담 없는 그대와 나 사이
그러나 짜릿한 전기가 일어야 하죠
비밀의 자물쇠가 풀리면
온몸 구석구석 환히 열어

원하시는 것 다 보여 드리죠,
빛의 속도로 무엇이든 찾아 드리죠
그대도 모르는 그대의 마음까지 전해 드리죠

우리 맺은 약정 기간까지
사랑의 토크도 이별의 메시지도
언제나 가볍고 경쾌하게
스마트한 내게는
softly softly!

마블링

초현대식 우사에 갇혀
침 흘리며 종이컵 커피를 핥고 있다
창문도 없는 강의실에 빽빽이 앉아
밤을 잊은 채, 형광등보다 창백한 얼굴로
1++ 등급을 만들고 있다
초원의 기억은 잊어버려라
참고서의 빽빽한 활자를 되새김질해라
붉은 육질 사이사이마다
하얀 활자들이 돋을새김 되어야 한다
명품 마블링만이 합격을 보장한다
학원가 밤 10시는 언제나 트래픽 잼!
꿈도 자유로운 유목민의 땅
초원의 방목을 꿈꾸는 자는
이 땅을 떠나야 할지도 모를 일이다
고열량 사료를 먹여라
초고속 사육법을 개발해라
현명한 카우보이의 채찍은 어디에도 없고
만취한 백정의 시퍼런 칼날만
우왕좌왕 허공을 가르고 있다

캐슬

중세풍 철제 대문 안
놀이동산 같은 놀이터엔
아이들 웃음소리 하나 들리지 않습니다
구름처럼 푹신한 산책로는
눈이 와도 쌓이지 않아
눈사람도 살지 못합니다
명품 가방을 둘러멘 창백한 인형들
땅도 밟지 않고 학교로 가고
비가 와도 젖지 않는 사람들이
유령처럼 들고 납니다
텅 빈 플라워 가든에는
꽃들이 심심하게 피고 지며
계절을 읽고 있습니다
먼지도 앉지 않는 빈 벤치엔
늙어 빠진 햇살만이 기척을 기다립니다
여기는 아무나 들어갈 수 없는
도심 속의 오지
백만 명 중의 한 분,
오직 당신만을 위한 캐슬입니다

어느 줌마렐라의 25시

집 밖에 있는 밤
그녀의 시계는 날 선 가위처럼 단호하기만 하지
너무 짧아 슬픈 다리로 도시의 밤을 탐닉하다가
예정된 알람에 화들짝 놀라
서둘러 사내의 허리를 베어 내기도 하지

성, 돈텔마마는
마법의 城
명품 옷은 조잡한 짝퉁으로
보톡스 얼굴은 우거지 하회탈로
기능성 속옷에 욱여넣은 S라인 몸매는
보호색 잃어버린 카멜레온으로
변신에 변신을 거듭하다가
킬힐 굽 부러져라 뒤뚱거리며 뛰쳐나와
24시 위에 떠 있는 비행접시에 몸을 싣지

시간은 짧고 아쉬움은 길지
남겨 둔 사내의 웃음소리와
비릿한 맥주 거품과
끈적한 트로트 춤곡들이

머릿속에서 끓어넘치는 동안
그녀의 시계는 자꾸 입맛을 다시고

그녀만의 25시를 핸드백 속으로 돌려보내며
아쉬운 손으로 비밀번호를 누르지
졸린 눈으로 걱정스럽게 바라보는 벌거숭이 임금님
아, 즐거운 나의 집!

김밥 천국

열여섯 번째 봄 하나가
담장 장미 넝쿨 아래로 떨어져 내렸다

검은 리본에 묶인 딸 끌어안고
엄마는 몇 번이나 혼절했다
답안용 검정 사인펜으로 밤하늘에
꼭꼭 찍어 마킹한 유서는 해독 불능이었다

삼우제도 지난 어느 밤
심장의 피편이 울타리 기득 피어났다
천변 17층 창엔 예전처럼
밤늦도록 불빛이 환했다
1등을 놓친 적 없다는 아이
풀지 못했던 마지막 문항의
정답을 적어 내고 있었을까
빨간 펜을 들고 밤새워
짧았던 한생의 오답을
수정하고 있었는지도 모를 일이다

오래 닫혔던 엄마손 김밥집 문이 열렸다

눈물도 목소리도 다 연기로 날려 보낸 엄마
아주 멀리 소풍 간 딸을 기다리며
종일 김밥만 말고 있었다

찾습니다

부풀린 어깨에 가끔씩 포효 소리 제법 크지만, 낮잠과 하품으로 하루를 때우는, 허세의 갈기 무성한 수사자 말고

해만 넘어가면 약한 먹잇감 찾아 눈에 쌍심지 돋우는, 뱃속까지 시커먼, 욕망의 윤기 잘잘 흐르는 음흉한 늑대 말고

훔친 것도 좋아, 높은 놈 먹다 버린 것도 좋아, 패거리로 몰려다니길 즐겨 하는, 웃음도 비열한 하이에나 말고

수천 권 뜯어먹은 지성인 척 턱수염 도도하게 으스대지만, 강자 앞에선 아첨의 목소리로 선한 초식동물인 척하는, 이중인격 비굴한 염소도 말고

아무 데서나 혀 빼고 군침 흘려 대며, 할 소리 안 할 소리 쓸데없이 짖어 대거나 아무나 물어뜯는, 날카로운 야성의 송곳니는 유전자에서 사라져 버린 지 오래인, 잡개는 더욱 말고

높은 하늘 향해
한 자세로 한 몸 꼿꼿이 세운

한 향기 한 품위로 천지를 채운
저 키 큰 금강송 같은

식물성 남자 하나 찾습니다
평생 배필로 삼아
생을 다해 자취도 없이 사라져 그 몸 이룬 탄소 원자 소
멸할 때까지
한마음으로 사랑하겠습니다

연락 주시면 후사하겠습니다

폼페이의 밤

절대군주도 아니면서
절대군주의 혓바닥보다 더 강한 권력으로
안방을 독차지하고 누워
드르렁드르렁 허세를 떨고 있다

변방으로 밀려나 혼자 눈물 찍어 대는 밤
고대 베수비오 화산 마그마처럼
나만 분화구 밖으로 끓어넘치고 있다

진도 10 강진의 울음과 발작으로
점점 멀어져 가는 두 지각판
하룻밤에 사라진 폼페이처럼
나는 무너지고 있다

보이지 않는 균열이 대륙을 옮긴다
거실에서 안방까지의 거리가
아틀란티스보다 멀다

화산재처럼 눈발은 흩날리고
진정되지 않는 마음은 자꾸 밖으로 향하는데

애비를 닮아 가는 아들 녀석의 잠꼬대 소리와
권위에 잡아먹힌 요양원 친정아비 얼굴이
나를 눌러앉힌다

절해고도처럼 거실에 박혀
꼬박 밤을 새웠다

카페 피라미드

어둑한 돌계단을 내려간다
암호도 없이
기원전의 냄새가 훅
피라미드 텅 빈 석실 안으로 들어간다

벽으로 들어간 女子와
벽에서 걸어 나온 女子가 마주 앉아
세상은 넓고 할 일도 많은 남편의 부재와
주렁주렁 차고 걸친 액세서리보다도 넘쳐나는
로맨스와 불륜과 치정들을
마른안주와 함께 꼭꼭 씹어 대면서
밤새 암호도 없는 생을 건넌다
뭉근한 말과 비릿한 웃음이
입술에서 맥주 거품처럼 부풀어 넘친다

지하는 아무도 보는 이가 없어 좋다
벽 속에서 영원히 살 수 있다면
독사에게 손목을 내어 주리라

파라오는 없다

대화

유효 대화의 질량이란 얼마나 될까

아이 러브 유 맘. 바이……
햇사과 같은 표정으로 한참을 조잘대던
가무잡잡한 동남아 여자
남편인 듯한 중년 남자에게 손전화를 건넨다
잔치국수 그릇에 다시 얼굴을 푸욱 묻고
젓가락으로 침묵만 건져 올린다
커다란 눈망울이 그렁그렁하다
고속버스 터미널 국수 가게
서로 말이 통하지 않는 옆 테이블은
국수 그릇 다 비우도록
어쩔 수 없이 침묵이고
앞의 남자와 맘이 통하지 않는 나는
꼬인 회로 같은 국수 가락만 한 올씩 집어 올리며
말을 가두고

와글와글 저 말, 말, 말들!
귓속으로 들어가지 못한 말들이
방황하며 뭉게뭉게 부풀고 있다

제3부

아틀라스*

목은 원래 곧고 아름다웠다
욕심 우울 걱정 불만이 뇌수에 가득 차
잡념 덩어리 4킬로그램의 무게를 버텨 내야 했다
목뼈는 점점 굽어지고
가까이 더 가까이 환영을 좇느라
비굴한 자라목이 되어 버렸다

눈부시고 유연한 목덜미 사라진 후
저 푸른 천공을 짊어지고
날개는 굳어져 통점이 되었다
나, 너무 큰 날개를 지녔으나
비상하지 못한 까닭은
몸속에 천 근의 추를 매달고 있기 때문

아직 형벌은 끝나지 않았는데
아틀라스, 다른 우주로 날아가고픈 것인지
그 둥글납작한 작은 목뼈가 꿈틀거린다

우두둑, 하늘이 캄캄해진다

●의학 용어로, 원반 모양을 한 제1경추의 이름.

송곳니

컴컴한 목젖 다 열어 놓고 잠든
초로의 사내를 본다
성글어진 갈기와 거친 수염
이마에 찍힌 王 자 주름 또렷하다

살기등등하던 뾰족한 치관(齒冠)은 사라져 버렸어도
긴 치근(齒根)은 여전히 성성하게 남아
생피 냄새를 쫓고 있다

석회동굴처럼 깊고 푸른 입속에서
가끔씩 늙은 맹수의 목쉰 포효가 새어 나오는 걸 보면
그는 지금 아마
눈발 휘날리는 아무르 강가나
시베리아의 벌판을 내달리고 있는지도 모른다

뿌리에 기둥 박히고
그 위로 세라믹 송곳니 단단히 세워지면
저 사내, 의기양양하게
사냥감의 목덜미를 물어뜯으며
다시 한번 육식의 수성(獸性)으로 번뜩이리라

잠결의 사내,
잇몸이 근지러운지 자꾸 입가를 씰룩이고 있다

어느 여자 시인의 진료기록부

날짜 : 2012. 3. XX

주소 : 소음특별시 광란구 혼잡동 폐쇄아파트

주된 증상 :

관에 갇혀 심해로 가라앉고 있는 듯한 전신 무력증

궤도와 중심축을 이탈한 채 자전 공전하는 어지럼증

폭풍 눈물과, 그리움의 토네이도가 시도 때도 없이 몰아치는 정서 불안과 우울감

식욕부진 탈모 피부 홍반 등등의 신체 증상

혈압 :

겨울나무 물관의 압력 정도로 낮다가도 화산 폭발 직전 마그마의 압력이 되기도 함

호흡 및 맥박 :

나비 날갯짓처럼 약하다가 공룡의 발소리만큼 거칠고 커지기도 함

체온 :

잔설에서 아지랑이로 장작불로 변화무쌍하게 오르내림

병력 :

포엠 바이러스에 감염된 7-8년 전부터 시작. 꽃 피거나 단풍 들어 세상에 색이 차오르는 계절에 재발되며 증상이 악

화됨

　검사 소견 :

　허파꽈리에 봄바람이 스며든 것으로 보이는 다수의 병소.
신경절에 숨어 있던 포엠 바이러스가 재활성화되어 전신 신
경조직으로 퍼짐

　감별 진단 :

　상사병, 폐경기 증상, 우울증이나 공황장애를 포함한 신
경증

　진단명 :

　포엠 바이러스로 인한 만성 재발성 심신 과민 반응

　치료 계획 :

　봄산 요양병원에 입원(전치 1주 이상의 치료와 요양을
요함)

　　　Rx. 절대 자유 시간 7일

　　　　남도행 티켓

　　　　묵묵히 동행할 쿨하고 믿음직스런 남자 친구 1명

　예후 : 치료 경과에 따라 증상은 호전될 것이지만, 완치
나 재발 방지는 불가능함. 발전적으로 관리될 경우, 옥동
자를 낳을 수 있겠지만, 방치하면 악화되어 다양한 합병증
을 유발하는 자폐적 사생아를 낳을 수도 있으리라고 사료됨

몸 공화국

과거의 영광뿐인
잊힌 망명정부에 아버지가 산다

뼈대만 남은 청사에
호시탐탐 게릴라전 일삼던 저항 세력들이
유혈혁명으로 기세를 잡았는가
질긴 링거 줄에 묶여
점점 몰락해 가고 있다

때 이른 레임덕을 본다
무저항 비폭력이던 아나키스트들이
시위와 폭동 일삼으며 세력을 확장해 간다
침침해지는 눈,
불온한 혈의 반란
사지 끝부터 태업과 파업의 소식 전송되지만
나는 안다
이 세상
성공한 쿠데타는 없다는 것을

키싱 구라미*

이것은
전생을 지녔던 아가미의 기억
심장을 포갤 수 없는 두 몸의 절규다
맞댄 입술 사이로 참았던 신음과 속울음 새어 나온다
오래 참았던 고통과 위로가 서로를 집어삼킨다

두 입술 퉁퉁 부르트도록 기나긴 이 입맞춤은
쏟아지는 벚꽃 잎에 아주 묻어야 할
터져 나오는 비밀의 봉인

한쪽이 생을 다해 입술을 떼면
잡아먹어서라도 완성해야 하는 그런 사랑이다

*'키싱 피시'라고도 하는 열대어의 대표적인 종류.

타임캡슐

삼뿌라, 금니에서 세라믹, 임플란트까지
두 세기를 지나온 박물관을 본다

이 악물고 버틴 긴 시간
법랑질과 상아질 결을 따라
나이테로 남아 있다

달고 쓰고 더럽고 비굴했던
그를 적신 온갖 맛의 기억들
긴 시간을 분절했던 수많은 말들과 침묵도
대장경 경판처럼 촘촘히 새겨져 있다

묵은 때를 벗겨 내고
모서리 닳은 경판을 때운다
모진 삶에 몇 개는 소실되었지만
애써 보존된 한 역사의 기록 유산
고개 숙여 삼가 복원한다

머지않아 매장될 저 작은 타임캡슐
치사리(齒舍利) 몇 과로 더러 발굴되기도 하리라

완성되지 못한 경전을 마저 새기러
구부정한 등이 총총히 거리로 내려간다

오래된 시간 냄새

B1
B2
B3
냄새가 깊어진다
데자뷰*
폐 속 오래 닫혔던 방문들 하나씩 열린다

들소 한 마리와 바꾼 그의 깊은 상처에
내 마지막 온기를 포개던 혹한
모닥불 사위어 가던
구비 깊은 동굴, 허기의 냄새
나를 위해 한 목숨 먼저 버린 그와
애틋한 사후를 함께하던
어느 왕조의 석실 고분
어둠 속에서 축축하게 삭아 가던
석관 속 시간의 체취

아들놈도 좋아하는 음습한 냄새
전생에 한 목숨 빚겼던 사람
이생에서 자식으로 환생해

나, 한생 온전히 보시해야 한다던데

콧구멍 빼닮은 아들하고
손잡고 공범처럼 쿵쿵 심호흡하며 내려간다
장마철, 지하 주차장
B1
B2
B3
냄새가 진해진다

●최초의 경험임에도 불구하고, 이미 본 적이 있거나 경험한 적이 있다
는 이상한 느낌이나 환상.

가위 눌리다

#
피곤한 잠 깊어지면
옆에 있던 벽 어느새 사라지고
내 이부자리는 14층 까마득한 유리 절벽 위
이불도 없이 더블침대 끝으로 밀려나
한 다리, 덜컥 떨어진다
어린 시절 꿈속
허공에 한 발 내딛을 때마다
이불자락 당겨 나를 구해 주곤 하던 엄마는 없고
캄캄한 추락!
깜짝 놀라 잠이 얕아져도
더 이상 정강이는 길어지지 않고
다 큰 등뼈만 점점 굽어질 뿐
머리맡에 와 있는 새벽의 희뿌연 손톱이
정수리를 할퀴고 있다

#
시험 시간은 다 끝나 가는데
낯선 방정식이 계속 앞을 가로막는다
나와 당신처럼 X Y 변수는 도무지 풀리지 않고

그 모호한 함수관계도 알아낼 수가 없다
함께해 온 많은 시간들
아무리 적분해 봐도 값이 구해지지 않는다
카운트다운 초침 소리에 숨이 막힌다

드르렁 컥, 소리에 화들짝 놀라
가까스로 시험지를 빠져나오니
아직 소파 위, 등짝이 축축하다
평생을 같이해도 풀어낼 수 없을 미지수 Z,
문 열린 방에서 들리는 코골이 소리
아이가 엎드려 잠든 환한 책상 위엔
숫자와 기호들이 뒤엉켜 있다

빗방울 무덤

빗소리가 황홀하다는 당신과 함께
맨몸으로 달려와 부서지는
주검들의 비명을 듣고 있어요

빗방울 전주곡 같은 달콤함이면 좋겠지만
내게는 비창보다 더 비장한 비트로 몰아치네요
그대에게 저 소리는 카푸치노 같겠지만
내게는 에스프레소처럼 씁쓸하지요

넓은 통유리창은 빗방울 무덤
내 달팽이관은 소리의 무덤
부서지지 않는 사랑,
흔적도 남기지 않는 죽음 어디 없을까요

당신에게서 떠난 담배 연기와
내게서 떨어져 나간 머리카락은
지금쯤 사소하게 사라졌을까요

부둥켜안은 연인이 털며 들어오는 작은 우산
흥건하게 흐르는 빗방울 무덤 위로

태양의 시취 커피 향기 내려 쌓이고
산산조각 부서진 빗소리와
비에 젖어 불어 터진 소리들이
무덕무덕 내 귀에 쌓여 넘치고

저리 캄캄한 것이 먹장구름의 가슴뿐일까요
이토록 쏟아지고 싶은 것이 내 눈시울뿐일까요

다큐멘터리

먼 길을 달려온 들소 한 마리
응급실 침대에 누워 두꺼운 뱃가죽을 들썩이고 있다
초원을 찾아 떠돌던 한 생이
마침내 정착하려는가
가뭄과 혹한을 잘도 버텨 온 넓은 어깨
굳건하던 팔다리는 헐렁한 환자복 속에
힘없이 늘어져 있다
한 번도 밖으로 뿜어내지 못한
스트레스와 울분이 결국
뿔 아래서 터져 고였다고
의사는 뇌 단층 사진 속의 태풍 같은
구름 덩어리를 가리킨다
한 가닥 주사 줄에 목숨을 의지한 채
가혹한 계절을 건너가고 있는 늙은 들소
반쪽 목숨이라도 던져 주고
절룩이며 살얼음 언 강을 건너야 할지
처절한 사투를 하고 있으리라
침상 밖으로 빠져나온 커다란 발
석회 조각처럼 굳어진 발가락이 꼼지락거린다
아직도 더 달려가야 할 길이 남았는가

풀을 찾아 이동하는 초식동물들의 발굽 소리가
밤새 끊이지 않고 침상을 흔든다

종의 기원 2
―직립

두 발로 일어섰어요
시도 때도 없이 배와 배를 맞대고
번식 없는 사랑을 즐기게 되었어요
허리의 통증이나 출산의 고통도
적금 꺼내듯 너끈히 감수할 수 있었지요

인간은 가슴과 가슴 또는 등과 등을
맞댈 수 있는 동물
가슴과 가슴을
보노보 원숭이처럼 포개야 한다구요
등과 등을 서로 돌리려고
직립한 거 아니지요
총칼을 허공을 움켜쥐고 있는 두 손
주먹 펴서 둥그렇게 마주 잡아야 한다구요
그것이 신의 모습을 닮아 간
인류라는 종이
내내 번성할 수 있는 열쇠

두 손으로 파괴한 폐허에서
칼라하리 사막의 미어캣처럼

잠시 까치발로 서서
그리움 가득한 눈길로 지평선 두리번거리다가
다시 네 발로 사라져 가지 말란 법 있나요?
진화의 시계를 거꾸로 돌리지 말자구요

폭설

소리 소문 없이 먹어 치우는
천상의 식욕을 본다

물푸레나무 전나무가
산 아래 자동차와 집 사람들이 지워진다
내게로 향하던 세상 모든 길들이
선 채로 지워진다
사람의 지도가 사라진다

배고픈 지우개의 폭력 앞에서
산 자도 지워지고
죽은 자도 다시 지워진다

지상이 모두 지워지는 순간
하늘과 땅의 경계가 트인다
차안(此岸)과 피안(彼岸)이
서로 살을 맞댄다

제 생의 여백마저 다 집어삼킨
백지(白紙)를 본다

노을

맨입으로 먹어야 제맛을 알제
구순이 넘은 외할머니
달그락거리던 틀니를 빼고
합죽합죽, 오물오물, 쪽쪽
홍시를 드신다
애써 오므린 쪼글한 입술 사이에서
가끔씩 검버섯 같은 씨앗이 똑똑 떨어진다

저녁 해, 늘어진 괄약근이 움찔움찔 하더니
터진 홍시처럼 좍 벌어지고
우듬지 까치밥 몇 알 더 붉어진다

파문

愁心만 가득한
水深을 알 수 없는 저수지 한가운데
달이 빠졌다

저 달덩이가
다 가라앉을 때까지
나 평생
파문을 끌어안고 살리라

제4부

배롱나무 저 여자

용산역 앞
늦바람 든 저 여자
푸른 눈두덩 아래 꽃분홍 입술
번져 지는 줄도 모르고
손톱을 물어뜯고 있다
매니큐어 지워지는 줄도 모르고
백 일 동안이나 배롱배롱
목젖 다 보이도록 웃고 있는
늙다리 저 여자
지나가는 사내들 옷깃을 잡아끌며
—오빠, 물 좀 주고 가지
목걸이 귀걸이 주렁주렁 붉게 매달고
이리저리 옮겨 다니며
늦은 꽃 피우고 있다

새조개의 눈물을 삼키다

얼마나 떠나고 싶었으면
새를 사랑했을까
얼마나 날고 싶었으면
새를 뱄을까

소쿠리에 담겨 온 새조개를
불판 위에 올려놓고
추궁하듯 아가리를 벌린다
내연의 짠 침묵이 우러나온다
새의 눈물을 삼킨다
수평선을 접으며 날아 떠났던
이카로스의 날개

내 몸속의 새
아직 살아 있구나

포근한 요양병원

애들 기다릴라, 어서 가거라
이제 그만 자야겠다
난 괜찮다, 자주 오지 마라

예, 아버지,
아주 오래오래 편히 주무세요
이곳은 언제나 따뜻한 죽음이 보장된 곳
벨만 누르시면
효심 지극한 도우미가 달려올 거예요

물병도 다시 채워 보고
괜스레 휠체어도 닦아 보고
꽃의 눈치만 보고 있는데
그만 가거라
TV 보던 파킨슨 씨가 애써 어깨를 떠민다

예, 아버지
오래오래 편히 주무세요

마지막 학교

서두르세요 학교에 가셔야죠

그렇게도 다니고 싶어 하시던 학교잖아요

자꾸만 뒤돌아보시면 안 돼요

비록 하얀 손수건은 아니지만

저 말라비틀어진 플라타너스 이파리보다는 낫잖아요

자, 이제 움켜쥔 손아귀 놓아주세요

위대(胃大)한 골프 백과 막바지 바겐세일이

저를 기다리고 있다구요

더 행복하고 더 평온한 얼굴로

마지막 수업을 마치셔야죠

책거리라도 한번 할까요

당신에겐 중요하진 않겠지만

졸업 사진 한 컷도

자, 웃으시라니까요 우리를 위하여

더 크게

자, 자, 더 활짝!

아름다운 생애 마감을 위한
어르신 「죽음준비학교」
교육생 모집 9XX-2XXX

나의 메리제인 슈즈

저 캄캄한 세상의 입구
빨간 메리제인 슈즈
머리맡에 놓고 잠든 아이
꿈에서는 잃어버린 구두 한 짝 찾아 헤맸지
메리제인 슈즈 끈을 묶고 발레리나처럼 집을 나서면
쉬지 않고 돌아가는 꿈의 가설무대
발목을 자르기 전에는 멈출 수 없는
무서운 춤을 춰야 한다네
한번 신으면 절대 못 벗는 빨간 구두

리허설도 없는 무대
진창길이건 살얼음판이건
관객 앞에선 언제나 웃으며 춤추지
뾰족굽을 무기처럼 숨기고
세상의 정강이를 몰래 겨누기도 하면서
오늘은 어느 구두에 내 발을 넣을까
매일 아침 발등을 족쇄처럼 묶고
수형장으로 끌고 가는
나의 메리제인 슈즈

백모란 꽃잎 떨어지고

툇마루에 앉아 담배 한 대 피워 물고
심심풀이 화투점 떼며
유행가 자락 흥얼거리는 이모할매

허연 난닝구 속에서 훌쩍이던
숨죽인 젖꼭지 같은
벌레 먹어 흑싸리처럼 떨어져 밟힌
누런 꽃잎들

겹겹 희디흰 속옷 껴입고
한 땀 한 땀 베갯잇에 모란 수놓던
봄날이 있긴 있었다는데

기쁨이라는 유월 목단 화투장은
몇 번이나 뒤집어 봤는지

하얀 쪽머리 빗어 올리고
뚝뚝 떨어지는 봄을
멀찍이서 뒤돌아보네

아까시 꽃 피면

아기분 하얀 향내 밀려온다
내게서 지워진 아이들이
조막손으로 바람을 부채질하고 있다

움텄던 싹 파내고 난 후
움푹 파인 아기집에서 피어오르던
폐사지 흙냄새처럼 싸한 마취 약 냄새

크지 않는 기억 속의 아이들
아까시 나무 안에서
흰 젖을 몽글몽글 게워 내며
일 년치의 안부를 날려 보낸다
괜찮아요 괜찮아요 손사래 치며
배냇웃음 짓고 있다

내 빈 둥지 가득히
아기분 잊힌 냄새 차오른다

몽골시편
—테를지 별밤

밤하늘 주름치마에 가득 매달린 스팽글들
한 올 끝만 잡아당기면
금세라도 우수수 떨어져 내려
내 위로 별무덤처럼 쌓일 것 같다

한때는 총총했던 신생의 알들
반짝 꼬리를 끌고 치어처럼 떨어지는
저 별똥별들처럼 하나씩
차례로 밝아졌다가 가뭇없이 사라져 갔지
내 안에 긴 길을 내며 뿌려졌던 네 은하수
오늘은 테를지 하늘 검은 벨벳 치마를
뿌옇게 적시고 흐른다

깊이 잠든 풀들의 허리를 베고 누운 밤
내 캄캄하게 마른 우물 속에도
꺼졌던 별빛 다시 점등된다
내 옆에 순하게 누워 있는
내가 끌고 온 지친 길들
거친 손을 힘껏 끌어안는다

이 별에서 저 별로 깜박이며
옮겨 가고 있는 작은 떠돌이별 편에
한 줄 안부를 그대에게 발신한다
한평생, 말 달렸던 이 초원의 길과 연결된 핏줄부터
다시 더운 피가 돌기 시작했노라고
남은 알들 부화하는지 날것의 꿈틀거림이
배 속에 차오르고 있노라고

6월, 부풀다

수천수만 울음 켜진다
개구리들 무논 점거하고 촛불 시위 벌인다
밤새 그치지 않는 악다구니 구호 소리
잔잔한 강화도의 밤이
와글와글 부풀어 오른다
내 고요도 부글부글 부풀어
광우병 뇌 조직처럼 숭숭숭 구멍이 뚫린다
애절한 로맨티시즘이
처절한 리얼리즘이 되는 시간
벙어리 같던 내 울음주머니도
오늘 밤엔 정치적으로 불룩하게 부푼다
동시다발 울음소리 와글와글 끓어넘쳐
논둑을 넘고 바다를 건너
견고하고 높은 담장도 넘을 태세다
이봐요, 귀 좀 열어 보라구요,
아직도 안 들린다구요?

덩굴장미

금계의 선을 넘은 유혹들이 화들짝 만개했는데요
혼자서는 수줍고 두려워 서로 손잡고 어깨까지 기대며
낭창낭창 쇠창살 타고 오른 붉은 입술들
환호하며 벌어졌는데요
담장 안 꼿꼿한 꽃들도 모두 몸 달아 까치발로 목 젖히고
길가 양버즘나무들도 한껏 음흉하게 휘어졌는데요
도도한 가시도 숨기고
상징도 깃발도 다 잊고
거리의 계집들 새빨간 겹치마 활짝 열어제치면
우리도 레드카펫 밟고 죽음의 탱고를 추며
월장이나 꿈꿔 볼까요
근데 여봐요,
난 무슨 향기 더 버려야 그대 앞에 필 수 있을까요

쇠똥구리

제 봉분을 밀고 가는
저 위태로운
생의 파형(波形)!

나쁜 남자

수상한 바람이 북서쪽에서 불어왔다
은밀한 체취가 콧속으로 밀려들어 오고
오랜만의 밀회는 뜨거웠다
이성과 윤리를 금서처럼 불태우고
너는 신경에 근육에 맹독으로 스며들었다
캄캄한 의식의 동굴 속에서
여섯 날과 마지막 또 하루를 우리는 뒹굴었다
입술과 잇몸과 혓바닥까지 너는
화인 같은 키스마크를 새겨 놓았다
내 안의 진액이 혼처럼 빠져나가고
세포들은 정사(情死)하여 끝없이 실려 나갔지만
역시 끝은 담배 연기만큼 고요했다
나를 범한 너는 머리카락 한 움큼 움켜쥐고
참혹하게 떠나갔다
내성도 면역도 허락지 않는 너라는 바이러스
무덤까지 따라와 내 품에 순장될 것이다
네 흔적을 뱉어 내려는 바튼 기침에
봄꽃, 각혈하듯 팡팡 터지고 있다

플래시 오버*

봄 불길 잦아든 지 오랜 저 산
어느 깊은 숨골 속에 잔불이 남아 있었나
잠이 길어진, 숨소리 깊어진
떡갈나무 밤나무 단풍나무 고로쇠나무
어느 땅속 실뿌리에 불씨를 숨겨 두었나
슬금슬금 정수리부터 불붙더니
입동 찬바람 타고 온 산에 번진다
온몸으로 화알활 타오른다
폭발 직전이다
겨울비 첫눈 한바탕 쏟아져 내려야
불길 잡힐 이글이글한
저 단풍

오래전에 소지(燒紙)시킨 이름 하나
내 어느 실핏줄 속에 불씨로 묻혀 있었나
아니다! 저녁 햇살 때문이다,
얼굴 발갛게 달아오른다

늦가을 불암산 자락
재가 되어 폭삭 무너지는

102

대형 참사!

●플래시 오버(flash over): 소방학 용어. 건물 화재에서 발생한 가연 가스가 일시에 인화하여 화염이 충만하는 단계로 순간적인 연소 확대 현상. 즉 옥내 화재가 서서히 진행하여 열이 축적되었다가 일시에 화염 이 실내 전체에 확대되는 현상으로 폭발적인 착화 현상이라고도 한다.

시간을 놓치다

예정된 부산행 고속철에 오르지 못했다
길바닥에 눌러붙은 시간들 때문에
약속된 일들이 도미노처럼 밀려가며 어긋났다
검은 스타킹에 쭉 올라간 흰 줄처럼
하루, 나의 시간에 교직된
그의 시간도 올이 나가 버렸다
헐거워진 내 시간 사이에서 내 몸에서
물비린내가 울컥 서둘러 흘러나왔다
플라타너스들이 털어 내 버린
한 해치 묵은 시간을 밟고 돌아오는 길
부스러기가 된 하루가 싸라기눈으로 흩어져 내렸다
내게 버림받았던 시간들이
성난 바람의 오랏줄이 되어 목을 칭칭 감아 왔다
패전국 난민처럼 길바닥을 구르는 낙엽
그 폐기된 시간들이 내 발걸음을 뒤따랐다
조금 이른 성탄 불빛이
그렇게 떠나가는 시간들을 오래 배웅하고 있었다

내 책은 얼마나 두꺼울까요

언젠가 지프차 바퀴에 살짝 물렸다가 빠져나온 적 있었지요. 나보다 먼저 발가락이 울고, 급정거한 지프차와 발가락 사이, 그 공간의 경계가 너무 얇아 숨이 막힌 적 있었지요.

수술대 위에 누워 내일을 생각하며 숫자를 세었지요. 하나 둘 셋 넷…… 누구, 열을 세어 본 사람 있나요? 밝음에서 어둠으로 이동하는 시간의 경계는 숫자 열을 넘지 않지요. 아 물론, 식물인간이 되어 아주 두꺼운 생사의 경계에서 허우적대고 있는 이들도 있기는 하지만요. 회복실이나 중천, 그 어느 쪽으로도 다가갈 수 없는 외로운 생사의 늪에서 말예요.

내 심장이나 숨골은 절대 직무 유기나 파업 같은 건 하지 않으리라 믿으며 잠이 들지요. 내 책은 백과사전보다 더 두꺼워 아직 넘길 페이지가 많이 남았다고 믿으면서요.

그러나 언젠가는…… 문득 마지막 장을 넘기고, 그 캄캄한 시공의 경계를 혼자 건너가야겠지요. 지금 나는 몇 번째 페이지를 펼쳤을까요. 혹 마지막 얇은 미농지 한 장을 넘기고 있는 건 아닐까요.

자기 회귀와 시원의 꿈을 그리는 시적 페이소스
—이영혜의 시 세계

유성호(문학평론가)

1.

최근까지 우리에게 익숙하고도 진부하게 들려왔던 '시의 위기'라는 풍문은, 그 어느 때보다도 시가 왕성하고 다양하게 개화하고 있는 현실에 비추어 볼 때, 그 자체로 온전한 반어적 표현이 아닐 수 없다. 물론 이는 아직도 '시적인 것'에 대한 발견을 통해 불모의 현실을 견디고 치유하려는 시적 욕망이 우리 주위에 폭넓게 산포되어 있다는 확연하고도 견고한 증거일 것이다. 이영혜의 첫 시집 『식물성 남자를 찾습니다』는, 오랜 시간 동안 자신의 시적 권역을 지속적으로 축적해 온 시인이, 충분히 가라앉아 있는 음색으로 이러한 '시적인 것'의 역동성을 풍요롭게 노래하고 있는 뚜렷한 실례로 다가온다. 그 안에는 서정시의 근원 충동인 자기 회귀의 욕망과 모든 존재들의 상상적 기원(origin)인 '시원(始原)'

을 향한 꿈이 가득 배어 있다. 이러한 세계를 곡진한 시적 페이소스로 감싸고 있는 이영혜 시집은, 그 점에서 첫 시집에 걸맞지 않은 깊이와 너비를 한껏 품고 있다고 해야 할 것이다. 그럼에도 다소 수줍게 "새, 첫⋯ 같은 소리들에 늘 마음이 기울었다"(「시인의 말」)고 말하는 그녀의 '첫' 세계로 한번 들어가 보도록 하자.

2.

우리가 잘 알듯이, 모든 기억은 과거의 시간에 대한 사실적 재현이 아니라, 지금의 삶을 살아가는 이의 현재적 욕망에 의해 선택되고 구성되는 부분 가상의 세계이다. 그 점에서 시인이 선택하고 구성하는 기억들은, 곧바로 자신이 가지고 있는 현재적 욕망과 닮아 있게 마련이다. 이영혜 시편에 나타나는 기억의 양상들 역시 이러한 욕망 곧 지난날들을 호명하면서 새로운 세계로 나아가려는 의지를 깊이 담고 있다. 그만큼 그녀의 시 세계는 기억의 힘을 통해 세상이 살 만한 것이라는 사실을 가장 근원적인 터치로 보여 준다. 그럼으로써 그녀는 우리로 하여금 시간의 가혹한 무게를 견디면서 우리의 기억을 선명하게 부조(浮彫)하게끔 해 준다. 이는 마치 베르그송(H. Bergson)이 말한 "지속의 내면적 느낌"이라고 부른 시간(성)이 시인 자신의 삶 속에 있음을 증명하는 동시에, 시인으로 하여금 한시적으로 존재

하다가 사라져 가는 것들에 대한 짙은 연민과 긍정의 노래
를 부르게끔 하고 있다.

언제부턴가
엄마의 다리에 검푸른 길이 솟아올랐다

곧 바닥을 드러낼,
경작할 수 없는 칠순의 폐답(廢畓)
가늘어진 팔과 다리 창백한 살빛 아래
드러난 고지도(古地圖)를 읽는다
저 길을 밟아 밥을 벌어 오고
수십 번 이삿짐을 옮겼을,
저 길에서 나의 길도 갈라져 나왔을 것이다
이제 길은 옹이처럼 툭툭 불거지고
점점 좁아지며 막다른 골목으로 들어서고 있다

아마도 앙상한 저 생의 무늬는
내가 다 갉아먹고 버린
낙엽의 잎맥
파삭파삭 금세라도 부서져 내릴 듯한
위태로운 길을 따라가며
잠시 내 발길을 되돌려 보는데

어느새 내가 밟아 온 길들이

내 팔뚝과 정강이에도 퍼렇게

거미줄처럼 인화되고 있다

—「하지정맥류」전문

　시의 상황은 '하지정맥류'를 앓고 계신 '엄마'에 대한 '딸'
의 섬세한 관찰과 묘사 그리고 그 안에서 사라져 가는 시간
에 대한 '딸'의 애틋한 사랑의 마음이 깃드는 순간에 있다.
'하지정맥류'는 다리에 정맥이 부풀어 오르는 질병으로, 시
인은 그것을 "엄마의 다리에 검푸른 길이 솟아올랐다"라고
묘사한다. 그 '길'은 오랫동안 경작을 마다하지 않은 노동과
헌신의 길이었는데, 이제는 더 이상 경작할 수 없는 "칠순의
폐답(廢畓)"의 길이 되어 버렸다. 또한 이제 그것은 "고지도
(古地圖)"가 되어 아스라한 옛 기억을 되살려 줄 뿐이다. 그
렇게 고지도의 길을 따라 펼쳐지는 '엄마'의 행장은 "저 길
을 밟아 밥을 벌어 오고/ 수십 번 이삿짐을 옮겼을,/ 저 길
에서 나의 길도 갈라져 나왔을" 바로 그 길로 대변된다. 옹
이처럼 불거져 이제 막다른 골목으로 들어선 그 '길'은 금세
부서져 내릴 것 같지만, 그럼에도 불구하고 "앙상한 저 생
의 무늬"가 시인 자신을 발원케 한 둘도 없는 수원(水源)이요
눈부시고 위태로운 "내가 밟아 온 길"이라는 발견에 이르러
시인은 잠시 아득해진다. 이제 서서히 그 '길'이 '나'로 옮겨
져 "거미줄처럼 인화되고" 있는 것이다.

　이 시편은 표면적으로 볼 때, 젊고 건강했던 한 육신이
차츰 생명력을 잃어 가는 '시간'의 묘사를 중점적으로 하고

있지만, 그 심층에서는 다른 차원의 발화를 거듭하고 있
다. 가령 그것은 부재를 통해 존재를, 사라짐을 통해 불멸
을, 고지도의 길을 통해 새로운 길을 발견하고 긍정하는 마
음을 담고 있다. 이처럼 존재는 이미 부재를 품고 있고, 모
든 존재는 부재 이전 혹은 부재 예정으로 남아 있는 것이
다. 시인은 이렇게 부재를 향해 나아가는, 혹은 이미 부재
를 품고 있는 다양한 형상들을 통해 "상형문자 해독하는 고
고학자 같기도 하고/ 예언서 풀어 가는 제사장 같기도 한"
(「손금 보는 밤」) 감각과 사유를 보여 준다. 그 표정 안에는 "목
간(木簡)에 기록된 글자들은 색 바래어/ 기억처럼 역사처럼
희미한데/ 당신은 꼭꼭 쟁여 뒀던 시간을 발아시켜/ 제 앞
에"(「아라홍련, 그대에게」) 있는 것 같은 경건함과 애잔함이 깊
이 담겨 있다.

열여섯 번째 봄 하나가
담장 장미 넝쿨 아래로 떨어져 내렸다

검은 리본에 묶인 딸 끌어안고
엄마는 몇 번이나 혼절했다
답안용 검정 사인펜으로 밤하늘에
꼭꼭 찍어 마킹한 유서는 해독 불능이었다

삼우제도 지난 어느 밤
심장의 파편이 울타리 가득 피어났다

천변 17층 창엔 예전처럼

밤늦도록 불빛이 환했다

1등을 놓친 적 없다는 아이

풀지 못했던 마지막 문항의

정답을 적어 내고 있었을까

빨간 펜을 들고 밤새워

짧았던 한생의 오답을

수정하고 있었는지도 모를 일이다

오래 닫혔던 엄마손 김밥집 문이 열렸다

눈물도 목소리도 다 연기로 날려 보낸 엄마

아주 멀리 소풍 간 딸을 기다리며

종일 김밥만 말고 있었다

—「김밥 천국」 전문

　어떤 대상을 향한 사랑은 그 자체가 이미 천형인 셈이다. 언젠가 우리는 "너의 장미를 그토록 소중하게 만든 건 네가 들인 시간 때문"이라는 불멸의 사랑을 읽고 외운 적이 있는데, 이 시편은 자식을 향한 어미의 사랑이라는 천형을 건조하고도 가혹하게 그려 보여 준다. 어느 봄, 이제 나이 열여섯인 소녀가 고층 아파트에서 담장 장미 넝쿨 아래로 떨어졌다. 유서조차 "답안용 검정 사인펜"으로 쓴 그 아이는 물론 우등생이었고 "한생의 오답"처럼 멀리 소풍 가듯 그렇게 떠나갔다. 딸의 영정을 붙안은 채 엄마의 몇 번의 혼절이 지나고 오래 닫혔던 "엄마손 김밥집" 문이 열렸다. 이제 "눈물도 목소리도 다 연기로 날려 보낸" 엄마는 건조하고 가혹하게 "종일 김밥만" 말며 소풍 간 딸을 기다리고 있다. 이 시편에서도 '엄마-딸'의 관계가 그려지는데, 여기서는 그 관계가 역전되어 '딸'이 사라져 버렸다. 그 '딸'의 부재를 견디면서 엄마는 자신 또한 그 '부재'처럼 텅 빈 김밥을 만다. 여기서 '딸'은 "창백한 인형"(「캐슬」)의 형상을, 엄마는 "부서지지 않는 사랑"(「빗방울 무덤」)을 외치면서 "날카로운 각으로/제 뼈를 갈아 대는 둥근 저 여자"(「네모난 여자」)의 형상을 취하고 있다.

이렇게 지나온 시간을 일종의 비극성으로 바라보는 태도는 서정시에서 가장 보편적인 시선 가운데 하나일 것이다. 물론 비극성 속에 잠겨 감상적 자기 탐닉에 빠진다면 그것은 범상하기 짝이 없는 동어반복으로 미무르게 된다. 그러나 좋은 서정시는 그러한 결핍과 부재를 견디는 힘을 보여 줌으로써 한때 분명한 실재로서 존재했던 것의 부재라는 생의 결여 형식에 대한 가장 원형적 반응을 보여 준다. 이영혜 시편은 이처럼 '엄마-딸'의 관계들을 통해 사라짐과 남음, 죽음과 삶, 부재와 존재의 변증법을 탁월하게 그려 낸다. 그 비극성의 원인은 자연스런 시간의 힘이기도 하고, 일정하게 사회적 요인이 깃들이기도 한다. 이 모든 것이 이영혜 시편의 페이소스가 만만치 않은 온기와 결기를 품고 있다는 것을 보여 주는 것이다.

3.

　서정시의 본래적이고 궁극적인 권역은 아무래도 시인 자신의 절절한 자기 확인 욕망에 있을 것이다. 나르시시즘 차원의 몰입 양상이든 반성적 사유를 동반한 성찰 양상이든, 서정시가 시인 자신으로의 부단한 자기 회귀에 초점을 두고 있음은 잘 알려진 사실이다. 이처럼 아직도 서정시의 근원적 자기 회귀성은 그 비중이 줄어들지 않고 있으며, 이는 사물에 대한 독창적 의미 부여와 함께 그것을 자신의 삶으로 결합해 내는 은유적 속성을 곧잘 구현하게끔 한다. 그 점에서 이영혜 시인은 타자들을 향한 정밀한 관찰을 통해 그것을 자신의 속성으로 유비하는 자기 회귀성과 은유적 원리를 동시에 표상하는 뚜렷한 실례이다. 그녀는 그렇게 섬세한 타자와 자아 탐구를 통해 '나'라는 존재 방식에 대해 깊이 성찰하고 있다. 시인은 그 양면적 속성을 타자들의 '수성'과 '식물성'에서 발견한다.

> 컴컴한 목젖 다 열어 놓고 잠든
> 초로의 사내를 본다
> 성글어진 갈기와 거친 수염
> 이마에 찍힌 王 자 주름 또렷하다
>
> 살기등등하던 뾰족한 치관(齒冠)은 사라져 버렸어도
> 긴 치근(齒根)은 여전히 성성하게 남아

생피 냄새를 쫓고 있다

석회동굴처럼 깊고 푸른 입속에서
가끔씩 늙은 맹수의 목쉰 포효가 새어 나오는 걸 보면
그는 지금 아마
눈발 휘날리는 아무르 강가나
시베리아의 벌판을 내달리고 있는지도 모른다

뿌리에 기둥 박히고
그 위로 세라믹 송곳니 단단히 세워지면
저 사내, 의기양양하게
사냥감의 목덜미를 물어뜯으며
다시 한번 육식의 수성(獸性)으로 번뜩이리라

잠결의 사내,
잇몸이 근지러운지 자꾸 입가를 씰룩이고 있다

—「송곳니」전문

치과 의사로서의 직접적 경험이 깊이 담긴 이 시편은, '송곳니'를 다시 단단히 세워 '수성'을 회복하는 짐승으로 환자를 은유하고 있다. 치과를 찾은 초로의 사내는 "성글어진 갈기와 거친 수염/ 이마에 찍힌 王 자 주름" 등으로 표상되어 이제는 젊음의 혈기가 지난 사람임을 보여 준다. 비록 "살기등등하던 뾰족한 치관(齒冠)"은 사라졌지만, 그는 "긴 치근

(齒根)은 여전히 성성하게" 남아 마치 "생피 냄새"를 쫓고 있는 야수와 닮아 있다. 아닌 게 아니라 시인은 "석회동굴처럼 깊고 푸른 입속에서" 맹수의 포효와 아무르 강가나 시베리아 벌판을 내달리는 짐승의 소리를 환청처럼 듣는다. 이제 인공의 치아를 박고 나서 그 사내는 다시 한번 "육식의 수성(獸性)"을 회복하고 의기양양할 것이다. 여기서 시인은 사내의 인공 치아를 맹수의 '송곳니'로 표현하면서, 인간 내부에 잠재해 있는 가장 집요하고도 본능적인 욕망인 '수성'으로 명명한다. 그것은 "들소 한 마리와 바꾼 그의 깊은 상처에/ 내 마지막 온기를 포개던 혹한/ 모닥불 사위어 가던/ 구비 깊은 동굴, 허기의 냄새"(「오래된 시간 냄새」) 같은 시원의 기억이기도 하고, "저 시퍼런 결기"(「원초적 본능—고드름」) 혹은 "끈질긴 생명력으로 살아남아"(「종의 기원 1—시의 진화에 대한 짧은 상상」) 있는 꿈틀거림 같은 것이기도 하다. 그것은 너무도 분명하게 육신을 움직이는 생명의 원리가 되어 우리 삶을 규율하는 에너지일 것이다. 그런데 시인은 다음 시편에서 그와 정반대편에 있는 '식물성'을 욕망하고 탐색한다.

부풀린 어깨에 가끔씩 포효 소리 제법 크지만, 낮잠과 하품으로 하루를 때우는, 허세의 갈기 무성한 수사자 말고

해만 넘어가면 약한 먹잇감 찾아 눈에 쌍심지 돋우는, 뱃속까지 시커먼, 욕망의 윤기 잘잘 흐르는 음흉한 늑대 말고

훔친 것도 좋아, 높은 놈 먹다 버린 것도 좋아, 패거리로
몰려다니길 즐겨 하는, 웃음도 비열한 하이에나 말고

수천 권 뜯어먹은 지성인 척 턱수염 도도하게 으스대지
만, 강자 앞에선 아첨의 목소리로 선한 초식동물인 척하는,
이중인격 비굴한 염소도 말고

아무 데서나 혀 빼고 군침 흘려 대며, 할 소리 안 할 소
리 쓸데없이 짖어 대거나 아무나 물어뜯는, 날카로운 야성
의 송곳니는 유전자에서 사라져 버린 지 오래인, 잡개는 더
욱 말고

높은 하늘 향해
한 자세로 한 몸 꼿꼿이 세운
한 향기 한 품위로 천지를 채운
저 키 큰 금강송 같은

식물성 남자 하나 찾습니다
평생 배필로 삼아
생을 다해 자취도 없이 사라져 그 몸 이룬 탄소 원자 소
멸할 때까지
한마음으로 사랑하겠습니다

연락 주시면 후사하겠습니다   —「찾습니다」 전문

구인 혹은 심인(尋人) 광고 형식을 빌린 이 시편에서 시인
은 "식물성 남자"라는 차원을 제시한다. 이는 앞 시편에서
의 '수성'으로 번뜩이는 남자와 현저하게 대립하는 것이다.
물론 시인이 수성을 악(惡)으로, 식물성을 선(善)으로 단순하
게 환치하는 것은 아니다. 오히려 시인은 진정한 수성을 잃
어버린 거짓 포즈들을 비판하고 있다. 시인의 시선에 "포효
소리"로 상징되는 거짓 '수성'은, "허세의 갈기"나 "욕망의
윤기"나 '비열한 웃음'이나 "이중인격 비굴"로 비친다. 그들
은 "날카로운 야성의 송곳니" 유전자를 상실해 버린 안쓰러
운 욕망의 잔여물일 뿐이다. 그 대신 시인은 "높은 하늘 향
해/ 한 자세로 한 몸 꼿꼿이 세운/ 한 향기 한 품위로 천지
를 채운/ 저 키 큰 금강송"을 간절히 희구한다. 이러한 고
처(高處) 지향의 심미적이고 숭고한 품성이야말로 '송곳니'로
상징되는 '수성'과는 달리 '식물성'으로 명명된다. 그렇게 시
인이 애타게 찾는 "식물성 남자"는 높고 꼿꼿하고 향기롭고
품위 있는 존재인 것이다. 물론 오직 한마음으로 사랑하겠
다는 선언은 그 자체로 자신의 내면에서 '식물성'을 탐색하
고 추구하려는 시인의 의지를 말하는데, 그것은 다시 말해
"내 안에 숨 쉬던 당신 지워지지 않고"(「청동거울의 노래」) 있는
상태이며, "나 평생/ 파문을 끌어안고"(「파문」) 살겠다는 사
랑의 의지와도 상통한다. 물론 여기서 시인이 관찰하고 표
현하는 '수성/식물성'은, 그 반대 속성에도 불구하고, 타자
들을 향한 섬세한 관찰과 그것을 자신의 속성으로 유비하는
작업을 통해 다다른 평행 레일일 것이다. 이영혜 시인은 이

러한 깊은 자아 탐구를 통해 '나'라는 존재 방식의 양면성을
깊이 사유하고 희원하는 것이다.

4.

더불어 이번 시집에서 압도적으로 다가오는 것은, 구체
적이고 비유적인 형상을 통해 인간 의식 바깥에 있는 광활
한 시공간을 담고 있는 부분이다. '공간'이 비교적 구체적
지각에 의해 파악되고 표현되는 형식인 데 비해, '시간'은
한결 추상적이고 탈(脫)감각적인 일종의 개념적 형식을 띠
고 있다. 더구나 '언어'라는 간접화된 매개를 통해 표현하고
자 할 때, 시간은 한결 더 추상화된 개념으로 시종할 수밖
에 없다. 그래서 서정시에서 시간 경험은 대개 적절한 비
유 형식으로 표현되기 일쑤이며, 독자들 또한 추상도가 높
은 개념보다는 구체적 비유 형상을 통해 '마음의 상(心像)'을
자신 내부에 형성하게 된다. 이영혜 시편의 심상은 매우 구
체적이고 큰 울림을 미덕으로 가지고 있는데, 이미지의 선
명함과 시원성으로 인한 감각적 압도감이 그것이다. 그 안
에 시인은 자신의 원체험을 삽입하여 가장 오랜 기억으로
머물게 하고 있다.

소리 소문 없이 먹어 치우는
천상의 식욕을 본다

물푸레나무 전나무가

산 아래 자동차와 집 사람들이 지워진다

내게로 향하던 세상 모든 길들이

선 채로 지워진다

사람의 지도가 사라진다

배고픈 지우개의 폭력 앞에서

산 자도 지워지고

죽은 자도 다시 지워진다

지상이 모두 지워지는 순간

하늘과 땅의 경계가 트인다

차안(此岸)과 피안(彼岸)이

서로 살을 맞댄다

제 생의 여백마저 다 집어삼킨

백지(白紙)를 본다

—「폭설」 전문

하염없이 내리는 폭설을 두고 시인은 "천상의 식욕"으로
형상화한다. 하늘의 '폭식'은 지상의 사물들을 하나하나 지
워 가며 급기야는 "내게로 향하던 세상 모든 길들"을 지워
버린다. 마침내 "사람의 지도"가 사라져 간다. 이쯤 되면 폭

설도 일종의 "폭력"이 된다. 산 자도 죽은 자도 모두 지워 버리는 '지우개'의 폭력 말이다. 하지만 그것은 "지상이 모두 지워지는 순간"을 따라 "하늘과 땅의 경계"가 트인 순간을, "차안(此岸)과 피안(彼岸)이/ 서로 살을 맞댄" 순간을 집중적으로 허락하는 생성의 퍼포먼스이기도 하다. "생의 여백마저 다 집어삼킨/ 백지(白紙)"로서의 새로운 상황이 거기서 기다리고 있다. 그 점에서 이 거대한 폭력으로서의 폭설은, 새롭게 "사람의 지도"를 그려 갈 역설적 생성의 모태가 되는 것이다. 이는 '폭설'에 대한 구체적 비유 형상을 통해, 광활한 시공간은 물론, 소멸과 생성의 원체험을 낱낱이 기록하는 적공(積功)을 담고 있다.

이처럼 이영혜 시인은 시집 곳곳에서 '단풍'을 "늦가을 불암산 자락/ 재가 되어 폭삭 무너지는/ 대형 참사!"(「플래시 오버」)로 표현한다거나, '쇠똥구리'를 "제 봉분을 밀고 가는/ 저 위태로운/ 생의 파형(波形)!"(「쇠똥구리」)으로 에둘러 비유하는 등 선명한 명명의 에너지를 줄곧 선보인다. 모두 선명하고 압도적인 양감(量感)을 가진 명명의 이미지들이라 할 것이다. 그리고 이러한 이미지들은 가장 멀고도 광활한 시원적 이미지로 나아간다.

밤하늘 주름치마에 가득 매달린 스팽글들
한 올 끝만 잡아당기면
금세라도 우수수 떨어져 내려
내 위로 별무덤처럼 쌓일 것 같다

한때는 총총했던 신생의 알들

반짝 꼬리를 끌고 치어처럼 떨어지는

저 별똥별들처럼 하나씩

차례로 밝아졌다가 가뭇없이 사라져 갔지

내 안에 긴 길을 내며 뿌려졌던 네 은하수

오늘은 테를지 하늘 검은 벨벳 치마를

뿌옇게 적시고 흐른다

깊이 잠든 풀들의 허리를 베고 누운 밤

내 캄캄하게 마른 우물 속에도

꺼졌던 별빛 다시 점등된다

내 옆에 순하게 누워 있는

내가 끌고 온 지친 길들

거친 손을 힘껏 끌어안는다

이 별에서 저 별로 깜박이며

옮겨 가고 있는 작은 떠돌이별 편에

한 줄 안부를 그대에게 발신한다

한평생, 말 달렸던 이 초원의 길과 연결된 핏줄부터

다시 더운 피가 돌기 시작했노라고

남은 알들 부화하는지 날것의 꿈틀거림이

배 속에 차오르고 있노라고

—「몽골 시편—테를지 별밤」 전문

가장 신성한 것은 삶의 구체성과 만나 가장 '시적인 것'을 이룬다. 우리는 다양한 삶의 맥락 속에서 신성한 것들에 귀 기울임으로써 지상의 고단한 삶을 견디고 치유하는 경험을 하게 된다. 이 시편은 이러한 삶의 신성한 파문에 대해 침묵의 육성을 나지막하게 들려준다. 그것은 삶의 숭고함에 전율하면서 찾아 나선 시원의 세계이다. 시인은 "옹알이하는 아기 그 최초의 웃음을 찾아"(「웃음들」) 나서 "꿈도 자유로운 유목민의 땅"(「마블링」)을 밟아 간다. 그래서 신성함과 쓸쓸함을 황홀하게 변증한 상징적 사원을 향해 걸어가고 있는 것이다.

몽골의 별밤은 '하늘'이라는 "주름치마"에 "스팽글"들이 온통 반짝거리는 모양과도 같다. 그러니 그 치마의 한 올만 잡아당기면 모두 떨어져 그것들은 "별무덤"처럼 쌓일 것이다. 별세계가 별무덤이 되듯이 "한때는 총총했던 신생의 알들"도 그렇게 "차례로 밝아졌다가 가뭇없이 사라져" 갈 뿐이다. 그때 "캄캄하게 마른 우물 속"에서 꺼져 버렸던 '별빛'이 다시 점등되고, "내가 끌고 온 지친 길들"도 힘껏 다시 '나'를 끌어안는다. 그러니 시인은 '그대'에게 줄 안부를 발신하면서 자신의 핏줄에 다시 더운 피가 돌고 날것의 꿈틀거림이 다시 차오르고 있노라고 전한다. 이러한 신생의 경험은 "밝음에서 어둠으로 이동하는 시간의 경계"를 지나 "캄캄한 시공의 경계를 혼자 건너가"(「내 책은 얼마나 두꺼울까요」)는 모습을 보여 준다. 비록 그곳에 "귓속으로 들어가지 못한 말들"(「대화」)과 "긴 시간을 분절했던 수많은 말들과 침묵"(「타임캡슐」)이 응얼거리고는 있지만, 시인은 바로 그 시원의 땅과 하늘에서 "폭풍 눈물과, 그리움의 토네이도가 시도 때도 없이 몰아치는"(「어느 여자 시인의 진료기록부」) 순간과 함께 "터져 나오는 비밀의 봉인"(「키싱 구라미」)을 하염없이 바라보고 있는 것이다. 이처럼 이영혜 시인은 구체적 이미지들을 통해 자신의 원체험과 시원의 세계를 동시에 꿈꾸고 노래한다.

5.

지금까지 우리가 읽어 온 것처럼, 이영혜의 첫 시집은 '시인'이 궁극적 '언어'를 찾아 헤매고 결국에는 뭇 사물들 속에서 제격의 '언어'를 발견하고 경험하는 존재임을 보여 준다. 다시 말해 그녀는 언어의 도구적 기능을 넘어 언어가 수행하는 깊은 의미론적·메타적 차원에 천천히 근접한다. 이렇듯 이영혜의 시 세계는, 시의 생성과 소통의 과정을 수행하는 시인의 자의식이 중요한 축을 이루고 있다. 그녀 시편에서 감성과 이성이 조화롭게 균형을 이루는 사례는 이러한 자의식에서 발원하는 것일 터이다. 그녀가 이 폐허의 시대에 가장 어수룩해 보이는 서정시를 쓰고 있는 것도, 근원적 감각을 잃어버린 채 나날의 건조한 삶을 살고 있는 우리에게 아직도 원초적 통일성을 회복시켜 줄 수 있는 가장 유력한 언어 형식이 서정시라는 판단을 하였기 때문일 것이다.

하지만 우리는 이 첫 시집을 상재하면서도 아직 그녀에

게 "더 달려가야 할 길"(「다큐멘터리」)이 많이 남아 있음을 직감한다. 그 한쪽에서는 "이제 그만 멸하고 싶을 뿐"(「소멸을 꿈꾸며」)이라는 소망을 담고, 다른 한쪽에서는 "너무나 치명적인 당신"(「수밀도」)을 향한 "그리움의 잔설"(「첫눈 오는 밤의 패러디」)을 배치하면서, 그녀는 더욱더 소멸(죽음)과 생성(삶)의 변증법을 힘 있게 노래해 갈 것이다. 우리는 그 신생의 행로를 오래도록 지켜보면서, 다음 시집이 이러한 자기 회귀와 시원의 꿈을 그리는 시적 페이소스를 넘어, 더욱더 심원한 세계로 번져 가기를, 마음 깊이, 소망해 보는 것이다.